Die meisten Leute denken, daß Science fiction Geschichten nur in die moderne Welt gehört. Dennoch wurden einige der besten Science fiction Geschichten vor mehr als hundert Jahren von dem französischen Schriftsteller, Jules Verne, geschrieben. Vieles, worüber er geschrieben hat, ist inzwischen Wirklichkeit geworden. Seine Geschichten 20.000 Meilen unter dem Meer *und* Rund um den Mond *sind nun Tatsachen, keine Fiktion. Hier ist eine Geschichte, die bis jetzt nicht wahr geworden ist – aber wer weiß, vielleicht wird sie es bald.*

Erste Ausgabe

Herausgegeben durch LADYBIRD BOOKS LTD. Loughborough Leicestershire UK
LADYBIRD BOOKS INC., Auburn, Maine 04210, USA

In England gedruckt

LADYBIRD KLASSIKER FÜR KINDER

DIE REISE ZUM MITTELPUNKT DER ERDE

Jules Verne

einfach wiedererzählt
von Joyce Faraday

mit Illustrationen von Vivienne Lewis

Ladybird Books

Die Reise zum Mittelpunkt der Erde

Ich heiße Axel. Vor einigen Jahren, als meine Eltern starben, zog ich nach Hamburg zu meinem Onkel, Professor Lidenbrock, und seiner Patentochter Gretchen. Mein Onkel wußte nichts davon, aber Gretchen und ich wollten einmal heiraten. Mein Onkel war ein berühmter Wissenschaftler und lehrte an der Universität über Felsen und Gesteine. Er war groß, dünn, ruhelos und reizbar. Ich arbeitete als sein Gehilfe. Er mochte mich, und solange ich alles tat, was er wollte, kamen wir gut miteinander aus.

Eines Tages brachte mein Onkel ein altes Buch über Island nach Hause. Beim Durchblättern fiel ein kleiner Zettel heraus. Darauf standen seltsame Runenbuchstaben, und wir brüteten lange darüber. Plötzlich entdeckte ich, daß man die Botschaft verstehen konnte, wenn man sie rückwärts las. Sie lautete:

''Geh zum Snäfellvulkan. Jedes Jahr am letzten Tag des Juni liegt einer seiner Krater im Schatten. Steig hinab in diesen Krater, und du wirst zum Mittelpunkt der Erde kommen. Ich habe es getan.''

''Das ist Arne Saknussemm!'' rief mein Onkel aus und deutete auf die Unterschrift. ''Er war ein berühmter Wissenschaftler in Island im sechzehnten Jahrhundert. Der allergrößte! Wenn er eine solche Reise machen konnte, können wir es auch!''

''Wir können zum Mittelpunkt der Erde reisen?'' fragte ich beunruhigt.

''Ja, Axel,'' antwortete er. ''Wir werden in seine Spuren treten. Und wir müssen bald aufbrechen, denn wir müssen vor Juli am Vulkan sein.''

Und so kam es, daß wir nach wenigen Tagen, in denen Werkzeuge, Geräte und Kleidung eingepackt wurden, von Hamburg abfuhren. Gretchen und ich trennten uns ungern, aber sie versprach, mich zu heiraten, wenn ich zurückkäme. Ich fragte mich im Stillen, *ob* ich zurückkommen würde!

Wir brauchten etwa zehn Tage für die Schiffsreise nach Reykjavik, der Hauptstadt von Island. Mein Onkel war die ganze Reise lang seekrank, und er wurde erst wieder munter, als wir den Snäfellvulkan sahen. In Reykjavik wohnten wir im Haus eines Schulmeisters, und der fand einen Führer für uns, der uns zum Vulkan bringen sollte.

Der Führer hieß Hans. Er war groß und kräftig. Er hatte weise blaue Augen, und sein kastanienfarbenes Haar fiel ihm bis auf die breiten Schultern. Seine ruhige Art gab mir das Gefühl, daß man ihm vertrauen

konnte. Mit meinem Onkel kam er gut aus, und das war sehr wichtig.

Wir nahmen uns vor, am 10. Juni aufzubrechen. Pferde wurden gemietet, die unser Gepäck tragen sollten. Wir kauften Werkzeuge, Gewehre, Schießpulver und Schießbaumwolle, einen Erste-Hilfe-Kasten und kräftige Stiefel. Mein Onkel packte zwei Kompasse und andere Instrumente ein, die uns auf unserer Reise nützlich sein würden. Zu meiner Erleichterung packte er auch zwei tragbare elektrische Lampen ein.

Wir hatten Lebensmittel für sechs Monate, aber zu meiner Überraschung nahmen wir nicht mehr Wasser mit, als in unsere Feldflaschen ging.

''Wir werden unterirdische Quellen finden und daran unsere Feldflaschen auffüllen, wenn nötig,'' sagte mein Onkel auf meine Frage.

Ich hoffte, er würde recht behalten. Ich wußte, daß viele der Quellen auf Island kochend heiß sind. Es gab noch mehr bei dieser Reise, was mich beunruhigte.

''Woher wissen wir, daß der Vulkan wirklich erloschen ist?'' fragte ich. ''Nur weil er seit 1229 nicht mehr ausgebrochen ist, können wir noch lange nicht sicher sein, daß er das nie mehr tun wird.''

''Keine Angst,'' sagte mein Onkel. ''Es gibt keine Anzeichen, daß er ausbrechen wird. Wir sind ganz sicher.'' Damit konnte ich nichts mehr sagen, denn meinem Onkel widersprach man nicht. Wir brachen also auf.

Wir brauchten eine Woche bis zum Snäfellvulkan. Der Aufstieg war schwierig, und ein bitterkalter Wind blies. Am Abend kamen wir zum Gipfel, und ich war völlig erschöpft. Aber in der Nacht schliefen wir gut, und am Morgen waren wir bereit, auf den Boden des Kraters hinabzusteigen, wo wir drei riesige Löcher sehen konnten. Aus diesen großen Kaminen war der Vulkan beim letzten Mal ausgebrochen.

Mein Onkel rannte von einem Kamin zum anderen, und nur einer davon lag im Schatten. Dort sollte unser Weg zum Mittelpunkt der Erde anfangen.

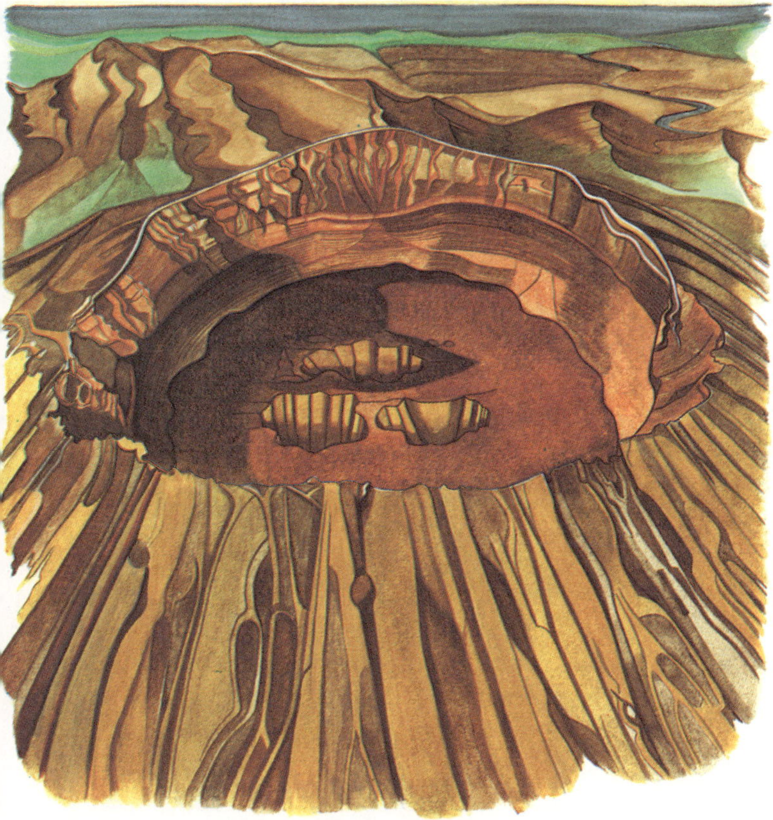

Dann rief mich mein Onkel. ''Sieh!'' rief er. Er zeigte auf einen Felsblock nahe bei dem Kamin, auf dem ich eben ein paar eingeritzte Runenzeichen erkennen konnte.

''Arne Saknussemm'', las ich. Es konnte kein Zweifel sein: dies war der richtige Kamin.

Am dreißigsten Juni begannen wir mit unserem Gepäck auf dem Rücken unsere erstaunliche Reise. Als ich in den Kamin hinunterblickte, wurde mir schwindelig. Die Wände fielen senkrecht ab, aber sie hatten Felsvorsprünge an den Seiten. Langsam ließen wir uns an Seilen von Fels zu Fels hinunter.

Wir machten oft Rast und kamen nach elfeinhalb Stunden an den Grund des Kamins. Wir waren jetzt achthundertfünzig Meter herabgestiegen. Als ich mich am Abend zum Schlafen hinlegte, konnte ich einen Stern in dem Stückchen Himmel über dem dunklen Kamin erkennen.

Am nächsten Morgen schulterten wir unsere Rucksäcke. Mein Onkel zündete eine der elektrischen Lampen an, und wir machten uns durch einen dunklen Gang auf den Weg.

Er führte steil abwärts, und wir hatten Mühe, nicht abzurutschen. Endlich ließ mein Onkel uns anhalten. Wir aßen hungrig und tranken etwas von unserem Wasser. Bisher hatten wir noch keine unterirdischen Quellen gefunden – und unser Wasser war schon halb verbraucht.

Am nächsten Tag gingen wir zu meiner Überraschung bergauf. Es war anstrengend, und ich begann zu hoffen, daß wir wieder an die Oberfläche kommen würden. Dann wäre ich bald wieder in Hamburg bei Gretchen! Am darauffolgenden Tag führte der Gang wieder sanft abwärts. Immer noch hatten wir kein Wasser gefunden, und ich machte mir Sorgen, denn wir hatten nur noch ein halbe Flasche voll übrig.

Dennoch gingen wir weiter. Als ich mich eben fragte, wie lange wir ohne Wasser überleben konnten, zeigte uns das Licht der Lampe eine undurchdringliche Wand, die uns den Weg versperrte. Wir suchten nach einem Gang an der Seite. Es ging nicht mehr weiter. Wir mußten umkehren und den richtigen Weg suchen.

Wieder verging ein Tag, und wir tranken alles Wasser, das noch übrig war. Nach zwei weiteren Tagen waren wir so schwach, daß wir nicht mehr weitergehen konnten, und hielten an, um auszuruhen. Ich flehte meinen Onkel an, zur Oberfläche zurückzukehren. Aber er war immer noch sicher, daß wir Wasser finden würden. Ich bat Hans, umzukehren, aber er war zufrieden, meinem Onkel zu gehorchen. "Vertrau' mir, Axel," sagte mein Onkel. Ich konnte nichts machen. Nachdem wir geschlafen hatten, fühlten wir uns wieder kräftiger und machten uns erneut auf den Weg abwärts. Während dieses Tages wurde ich schwächer und schwächer. Es schien mir immer mehr, als wären wir in einem Gefängnis aus Fels, dem wir nie wieder entkommen konnten. Ich schrie nach meinem Onkel und brach ohnmächtig zusammen.

Als ich wieder zu mir kam, konnte ich im schwachen Licht meinen Onkel erkennen, der neben mir schlief. Dann hörte ich ein Geräusch und setzte mich auf. Hans verschwand mit der Lampe in der Hand. Unser ehrlicher Führer würde uns doch nicht jetzt verlassen? Ich fiel in einen unruhigen Schlaf und wurde von Hans' Rückkehr geweckt. Er rüttelte meinen Onkel wach und erzählte ihm, daß er weiter unten in der Höhle das Geräusch von fließendem Wasser gehört habe. Rasch zogen wir uns an.

Langsam stiegen wir hinunter. Das Geräusch des Wassers belebte mich wieder. Aber zu sehen war nichts, und je weiter wir gingen, desto schwächer wurde das Geräusch. Wir gingen zurück an die Stelle, wo das Geräusch am lautesten war. Hans legte sein Ohr an eine Felswand, wo wir einen unterirdischen Fluß hinter dem Fels fließen hören konnten. Hans hob seinen Pickel und schlug solange auf den Fels, bis dieser nachgab. Ein Wasserstrahl schoß heraus in den Tunnel, und Hans stieß einen Schmerzensschrei aus, als das Wasser ihn traf. Es war kochend heiß! Als es sich in unseren Flaschen abgekühlt hatte, tranken wir gierig. Das Wasser bildete ein kleines Rinnsal, das nun am Rand des Ganges dahinfloß. Wir nannten es den ''Hansbach'' nach unserem Führer, der uns gerettet hatte.

Jetzt, wo wir Wasser hatten, fühlte ich mich wieder stark und voller Hoffnung. Der Bach würde immer neben uns herfließen und uns nach unten führen. Jetzt wand sich der Gang in alle möglichen Richtungen. Mein Onkel rechnete aus, daß wir uns elf Meter unter der Oberfläche und einhundertzwanzig Kilometer südwestlich von Reykjavik befanden. Aber er wollte weiter nach unten kommen und freute sich sehr, als wir an einen steilen Schacht kamen. Er war so steil wie der erste Kamin, aber wir konnten eine riesige Treppe hinuntergehen. Am Ende dieser Etappe war mein Onkel zufriedener. Wir waren nun dreißig Kilometer unter dem Atlantischen Ozean und zweihundert Kilometer von unserem Ausgangspunkt entfernt.

Von da an kamen wir mit jedem Tag einige Kilometer tiefer in die Erde. Ich ging voran und hielt meine Lampe hoch. Dann plötzlich merkte ich, daß ich allein war. Ich ging zurück und rief, aber niemand antwortete. Ich rief noch einmal. Keine Antwort. Ich wußte, daß ich leicht den kleinen Bach entlang denselben Weg zurückgehen konnte. Ich beugte mich nieder, um zu trinken. Zu meinem Schrecken fand ich kein Wasser. Ich hatte einen falschen Weg eingeschlagen!

Der Rückweg war mühsam. Es gab viele Seitengänge und Abzweigungen, und ich wußte nicht mehr, wo ich hergekommen war.

Als ich um eine Kurve bog, stieß ich gegen eine feste Felswand. Ich fiel und ließ dabei die Lampe fallen. Sie erlosch, und ich war allein und hilflos in der Dunkelheit. Panik ergriff mich. Ich lief von einer Wand zur anderen, stolpernd und schreiend. Schließlich fiel ich erschöpft zu Boden.

Nach einer Weile befühlte ich meine Schrammen und blauen Flecke und blieb dann verzweifelt sitzen. Ich wußte nicht, was ich machen sollte. In der Stille hörte ich ein Geräusch wie Donnergrollen. Dann hörte ich Stimmen. Ich muß verrückt geworden sein, dachte ich. Ich legte mein Ohr an den Felsen. Immer noch hörte ich Stimmen, konnte aber kein Wort verstehen. So laut ich konnte, rief ich: ''Hilfe!'' Ich wartete, aber es kam keine Antwort. Mein Ohr war gegen den Felsen gepreßt. Schließlich hörte ich die Stimme meines Onkels, die mich rief.

''Axel, wo bist du?'' rief er.

''Ich weiß nicht,'' rief ich zurück. ''Ich hab mich verirrt!''

''Wir holen dich schon raus,'' rief er. ''Wir sind in einer großen Höhle, in die viele Tunnel führen. Wenn du abwärts gehst, kommst du hierher.''

Rutschend und stolpernd machte ich mich auf den Weg den steilen Gang hinunter. Bald wurde er so steil, daß ich ins Fallen kam. Der Boden verschwand unter meinen Füßen. Ich fiel einen steilen Schacht hinunter. Ich spürte einen heftigen Schlag am Kopf und verlor das Bewußtsein.

Langsam öffnete ich die Augen. Mein Onkel kniete neben mir und schrie vor Freude auf, daß ich am Leben war.

''Du bist gerettet, Axel,'' sagt er. ''Bald wird es dir besser gehen. Schlaf' und ruh' dich aus, damit du wieder zu Kräften kommst.''

Ich war zu schwach, um zu fragen, was mit mir geschehen war. Am Morgen tat mir zwar mein verbundener Kopf noch weh, aber ich fühlte mich wieder kräftiger. Während wir frühstückten, erzählte mir mein Onkel, daß es in dem Tunnel, in dem ich gewesen war, einen Steinschlag gegeben habe. Ich war mit dem fallenden Gestein nach unten gestürzt, in die Höhle, in der mich mein Onkel und Hans jetzt pflegten. Es war ein Wunder, daß ich nicht umgekommen war.

Jetzt, wo ich mich besser fühlte, begann ich, mich in der Höhle umzusehen. Sie war hell genug, daß man sehen konnte, obwohl keine Lampe brannte. Auch Geräusche waren zu hören: Geräusche von Wind und Wellen. Ich dachte, meine Sinne täuschten mich, und fragte meinen Onkel.

''Ja, du hörst ganz richtig,'' sagte er.

''Sind wir wieder an der Oberfläche?'' fragte ich.

''Nein,'' antwortete er entschieden. ''In einem Weilchen wirst du es selbst sehen. Wenn du wieder bei Kräften bist, werden wir unsere Reise beginnen.''

Was meinte er nur mit ''Reise''? Ich konnte es nicht erwarten, mehr zu hören. ''Onkel,'' sagte ich, ''ich fühle mich jetzt wieder wohl und kräftig genug. Zeig mir, was du gefunden hast.''

Wir traten aus der dämmerigen Höhle in helles Licht. Meine Augen waren geblendet, denn das Licht schien auf Wasser.

''Ich habe es das Lidenbrocksche Meer genannt,'' sagte mein Onkel stolz. Es war wirklich ein Meer. Wellen brachen sich am Strand. Klippen erstreckten sich in die Ferne. Das Licht war nicht warm wie Sonnenlicht oder kalt wie Mondlicht. Es war stark und gleichmäßig. Ich war sicher, daß es von irgendeiner Art natürlicher Elektrizität stammen mußte.

Immer noch schienen wir uns in einer Höhle zu befinden. Aber was für eine Höhle konnte groß genug sein, daß ein solches Meer hineinpaßte? Sie war mehrere Kilometer

hoch, denn die Wolken über uns zogen höher, als Wolken das sonst tun. Es war nicht möglich, die Länge oder Breite der Höhle abzuschätzen, denn das Meer erstreckte sich weiter, als das Auge reichte. Nach vierzig Tagen in dunklen unterirdischen Gängen war es eine Freude, Meeresluft zu atmen und in die Ferne zu blicken.

Mein Onkel und ich gingen zusammen am Strand entlang. Wir kamen zu einem ausgedehnten Wald von Riesenchampignons, die zehn oder zwölf Meter hoch waren. Es gab auch andere Pflanzen, aber alle waren solche, die oben auf der Erde vor Millionen von Jahren vorgekommen waren. Am sandigen Strand fanden wir die ausgetrockneten Knochen vorsintflutlicher Tiere. Es war wie Schatzgräberei.

''Schau!'' rief ich. ''Ein Mammutkiefer!''

Aber mein Onkel wollte das Meer erforschen. Am nächsten Morgen ging es mir wieder bestens. Vor dem Frühstück, das Hans für uns gemacht hatte, ging ich sogar schwimmen. Dann rechnete mein Onkel aus, daß wir uns vierzehnhundert Kilometer von Island befanden und immer noch nach Südwesten bewegten. Damit waren wir ungefähr einhundertdreißig Kilometer unter den Bergen von Schottland.

''Aber wie kommen wir über ein flaches Meer näher zum Mittelpunkt der Erde?'' fragte ich ihn.

''Ich weiß es nicht,'' antwortete er, ''aber ich bin sicher, daß wir mehr Eingänge nach

unten finden werden, wenn wir das Meer überquert haben.''

Ich fragte ihn, wie wir das Meer ohne Boot überqueren sollten. Hans sei bereits dabei, ein Floß zu bauen, sagte er mir.

Am Abend war das Floß fertig und schwamm auf dem Lidenbrockschen Meer.

Wir beluden das Floß am nächsten Morgen. Eine Decke diente als Segel. Mit Hans am Ruder waren wir abfahrbereit. Vor der Abfahrt allerdings tauften wir unseren kleinen Hafen Gretchenhafen. Beim Gedanken an Gretchen wäre ich sehr gerne nach Hause zurückgekehrt. Aber Zuhause lag jetzt vor uns. Wir segelten hinaus auf das Meer.

Das Wetter war schön, die Wolken zogen hoch dahin, und es wehte ein kräftiger Wind. Hans warf eine Angel aus und fing einen stattlichen Fisch. Mein Onkel sagte, diese Fischart sei oben auf der Erde längst

ausgestorben. Hans hatte ein lebendiges Fossil gefangen! Stunden vergingen, und immer noch war kein Land in Sicht. Mein Onkel wurde unruhig. Er wollte tiefer hinunter und begann, sich zu fragen, ob wir nicht den falschen Weg eingeschlagen hatten. Schweigend segelten wir weiter.

Mein Onkel ließ einen Pickel an einer Leine ins Wasser hinunter, um die Meerestiefe zu messen. Die Leine war mehr als dreihundertfünfzig Meter lang, aber sie erreichte den Grund nicht. Als wir den Pickel wieder an Bord holten, fanden wir Bißspuren auf dem Eisen. Das mußte ein Riesenkrokodil sein, das solche Spuren hinterlassen konnte! Ich überprüfte unsere Gewehre für den Fall, daß wir sie brauchen würden. Wir spürten Gefahr ringsumher, aber wir konnten nichts sehen. Müde vom Wachen schlief ich ein. Ein heftiger Stoß weckte mich. Das Floß wurde hochgehoben und mindestens dreißig Meter weit geschleudert.

Hans zeigte auf eine dunkle Masse, die sich nicht weit von uns im Wasser auf und ab bewegte. Sie sah aus wie ein Riesendelphin.

Mein Onkel wies auf eine riesige See-Eidechse und ein Krokodil mit mehreren Zahnreihen.

"Und da ist ein Riesenwal," schrie er. "Seht, wie er das Wasser mit seinem Schwanz aufpeitscht!"

Wir alle starrten voller Staunen und Schrecken auf das Bild, das sich uns bot. Schon das kleinste dieser Tiere konnte unser Floß zertrümmern. Noch mehr furchterregende Tiere tauchten auf – eine riesige Schildkröte und eine Schlange von zehn Metern Länge, die ihren Kopf über das Wasser hin- und herzucken ließ. Alle diese Ungeheuer kamen auf uns zu, und ich hielt mein Gewehr schußbereit. Die Schlange und das Krokodil kamen näher. Die übrigen schienen verschwunden zu sein. Ich war im Begriff zu schießen, aber Hans hielt mich zurück.

Die Ungeheuer hatten es nicht auf uns abgesehen. Stattdessen fuhren sie aufeinander los, peitschen das Wasser auf und hoben sich aus den kochenden Wellen. Dann sahen wir, daß es überhaupt nur zwei Tiere waren. Das eine hatte das Maul eines Delphins, den Kopf einer Eidechse und die Zähne eines Krokodils. Wir waren Zeugen des Kampfes zwischen einem vorgeschichtlichen Ichthyosaurus und einem Plesiosaurus!

Der Ichthyosaurus war sicher dreißig Meter lang. Seine großen Kiefer waren furchterregend. Der Körper des Plesiosaurus war mit einem dicken Panzer bedeckt, und sein langer Hals erhob sich zehn Meter über den Wellen. Die großen Bestien kämpften wild, mit Klauen und Zähnen. Riesige Wellen brachten das Floß fast zum Kentern. Sie kämpften mehr als zwei Stunden. Dann sanken beide Tiere unter die Oberfläche. Der Kopf des verletzten Plesiosaurus hob sich noch einmal, peitschte und wogte hin und her, der Hals krümmte und streckte sich. Allmählich wurde er schwächer und lag dann still. Der Kampf war vorbei. Wir wagten wieder zu atmen, aber hatten noch immer Angst vor dem Ichthyosaurus tief im Meer. Für den Augenblick allerdings waren wir gerettet.

Am Mittag des sechsten Tages hörten wir ein Rauschen. Zuerst dachte ich, es käme von der Brandung an einem Felsen oder von einem Wasserfall. Hans stieg auf den Mast und sah einen hohen Wasserstrahl, der aus dem Meer aufstieg. Wir glaubten, es sei wieder ein großes Seeungeheuer! Gegen acht Uhr dieses Tages konnten wir ausmachen, daß da ein etwa ein Kilometer langes Etwas im Meer lag. Der Wasserstrahl fiel darauf nieder. Der Schrecken packte mich.

''Es ist ein Insel,'' rief Hans plötzlich.

''Aber was ist das für ein Wasserstrahl?'' fragte ich.

''Ein Geysier,'' antwortete mein Onkel. ''Er ist genau wie die in Island.''

Der Wasserstrahl sah jetzt herrlich aus. Das Licht leuchtete auf dem Wasser und bildete einen Regenbogen. Wir landeten auf der Insel, und der Boden bebte unter unseren Füßen. Er war glühend heiß. Das Wasser aus dem Geysier kochte und erfüllte die Luft mit Wolken von Dampf. Solche Hitze konnte nur von Feuern tief unter der Erde kommen. Ich war sicher, daß wir auf diese flammenden Tiefen stoßen mußten, wenn wir noch tiefer eindrangen. Aber mein Onkel wurde zornig, als ich ihm von meinen Befürchtungen erzählte. Ich schwieg, denn von nun an mußte ich mich auf alles gefaßt machen.

Bevor wir die Insel verließen, vermerkte ich, daß wir jetzt eintausendachtzig Kilometer von Gretchenhafen entfernt waren, wo wir in See gestochen waren. Wir mußten jetzt

irgendwo unter England sein. Am nächsten Tag frischte der Wind auf und wir segelten noch schneller. Die Wolken wurden immer dichter, und der Himmel verdunkelte sich. Die Luft war voll von Elektrizität wie vor einem Sturm. Der heraufziehende Sturm machte meinen Onkel noch zorniger. Er wollte nicht dadurch aufgehalten werden. Dann hörte der Wind plötzlich auf, und nichts regte sich.

Ich fragte, ob ich das Segel einholen sollte, bevor der Sturm einsetzte, aber mein Onkel wollte das nicht.

''Mag der Wind uns forttragen!'' sagte er. ''Vielleicht kommen wir dann auf die andere Seite dieses endlosen Meers!''

Wie zur Antwort setzte der Wind wieder ein und wurde zum Orkan. Das Floß wurde geschüttelt und vorwärts geschleudert. Wir klammerten uns daran fest, während der Sturm tobte. Hans allerdings saß ruhig am Steuer. Die Elektrizität in der Luft spielte mit seinem Haar. Es sah aus, als schwebte ein seltsames Licht um seinen Kopf. Der Wind schob uns rasend schnell voran. Der Regen prasselte auf uns herunter. Donner rollte, Blitze zuckten überall um uns her. Dicke Hagelkörner fielen. Sie sandten einen hellen elektrischen Blitz aus, wenn sie auf unser Werkzeug oder irgendeinen Metallgegenstand aufschlugen. Sogar die Wellenkämme hatten Flammensäume.

Es war, als berste die ganze Welt in einer einzigen großen Explosion auseinander. Drei Tage lang trieben wir vor dem Sturm dahin. Ich klammerte mich an den Mast und fürchtete, wir würden ertrinken. Dann traf eine feurige Kugel das Floß. Mast und Segel wurden in die Luft geschleudert. Die feurige Kugel war blau und weiß und etwa fünfundzwanzig Zentimeter dick. Sie sprang von Tauen zum Deck, und von unseren Säcken zu den Kisten, und drehte sich dabei rasch um sich selbst. Eine Sekunde lang berührte sie einen Sack Schießpulver. Es war ein Wunder, daß wir nicht in die Luft gesprengt wurden.

Die feurige Kugel rollte in die Nähe meines Fußes, und ich versuchte, wegzukommen.

Aber mein Fuß wurde am Deck festgehalten.

Ich sah, daß alles Eisen an Deck von der feurigen Kugel magnetisiert worden war. Die Eisennägel in meinen Stiefeln hafteten an einer Eisenplatte an Deck! Mit einem heftigen Ruck befreite ich mich. Die feurige Kugel zersprang in einem Flammenregen. Flammen bedeckten uns. Dann wurde alles dunkel. Wir warfen uns auf das Deck, um auszuruhen und wieder zu Kräften zu kommen. Der Wind tobte noch immer, aber wir waren zu müde, um darauf zu achten. Ich wußte nur, daß wir rasend schnell vorangetrieben wurden und irgendwo unter Frankreich durchgefahren sein mußten.

Schwindlig und erschöpft wurden wir schließlich an eine felsige Küste geschleudert. Ich wäre zerschmettert worden, wenn Hans mich nicht aus der kochenden See gezogen hätte. Er rettete auch meinen Onkel, und ging dann wieder ans Wasser, um zu sehen, was er von unserer Ausrüstung aus dem Wrack retten konnte.

Als wir aufwachten, war es ein wunderschöner Tag, und wir waren ausgeruht. Mein Onkel war sogar fröhlich, daß wir nun endlich das Meer überquert hatten. ''Jetzt können wir wirklich anfangen, in die Tiefe zu gehen,'' sagte er. Mein Herz sank, wenn ich daran dachte, daß wir noch tiefer in die Erde sollten. Ich sehnte mich danach, nach Hamburg und zu Gretchen zurückzukehren.

Hans hatte unsere Sachen aus dem Wrack geborgen. Unsere Gewehre waren verloren, aber das Schießpulver und die Schießbaumwolle waren gerettet und trocken. Wir hatten immer noch einen Kompass, ein paar andere Instrumente, sowie Werkzeug und Seile. Ein Großteil unserer Lebensmittel war gerettet, und wir hatten genug für vier Monate. Nach dem Frühstück setzten wir uns hin, um herauszufinden, wo wir uns befanden, und unsere nächsten Schritte zu planen.

''Hans repariert das Floß,'' sagte mein Onkel, ''aber ich glaube nicht, daß wir es noch brauchen werden. Ich glaube, wir werden nicht auf demselben Weg herauskommen, wie wir hier hereingekommen sind.''

Ich fragte mich, was er wohl meinte und woher er das wissen wollte.

Da der Sturm uns nach Südosten getrieben hatte, waren wir uns darin einig, daß wir uns irgendwo unter dem Mittelmeer befinden mußten. Wir schauten auf den Kompass, um unsere Position zu überprüfen, aber was wir da sahen, verwirrte uns. Wir prüften noch einmal nach. Nach dem Kompass zu urteilen, waren wir wieder auf der Seite des Meeres, von der wir ausgefahren waren. Enttäuscht stellten wir fest, daß der Wind sich während des Sturms gedreht und uns zurückgetrieben hatte.

Mein Onkel war erst überrascht und dann zornig. Er wütete und tobte. Ich bat ihn, umzukehren, aber er ließ sich durch nichts umstimmen. Hans gehorchte seinem Herrn ohne Murren. Wieder konnte ich nichts tun als weitergehen.

Während Hans am Floß arbeitete, machten mein Onkel und und ich uns auf, um die Gegend zu erkunden. Wir gingen den Strand entlang, der von Schalen vorgeschichtlicher Tiere bedeckt war. Wir fanden auch einige Panzer von Riesenschildkröten. Bald trafen wir auf Haufen von Knochen. Darunter waren Knochen von jeder Tierart, die nur je gelebt hatte.

''Sieh mal hier, Axel!'' rief der Professor mit bebender Stimme. ''Ein menschlicher Schädel!''

Ich war nicht weniger erstaunt als mein Onkel.

Die nächsten Schritte brachten einen noch größeren Schock. Da lag im Staub die Leiche eines Urmenschen. Sie hatte noch Fleisch, Haare und Nägel und schien beinahe lebendig! Wir hatten die Kadaver von Dinosauriern gesehen und auch lebendige. Hier lag die Leiche eines Urmenschen. Würden wir einen lebenden Menschen finden?

Wir gingen weiter. Nach etwa einem Kilometer kamen wir an einen großen Wald. Seine Bäume und Pflanzen stammten aus einer Welt, die Millionen von Jahren alt war. Aber diese Pflanzen waren nicht grün. Ohne Sonnenlicht waren sie alle zu Braun verblaßt. Mein Onkel ging weiter durch die Büsche und in den Wald. Unter den Bäumen bewegte sich etwas. Wir hielten an und spähten durch die Blätter. Vor uns stand eine Herde von Urelefanten, den riesigen Mastodons. Sie fraßen Blätter, die sie mit den Rüsseln von den Bäumen rissen.

''Komm,'' flüsterte mein Onkel. ''Laß uns weitergehen.''

''Wir sind nicht sicher, wenn sie angreifen,'' warnte ich ihn.

''Vielleicht nicht,'' stimmte er leise zu. ''Sieh mal dort drüben hin!''

Ich traute meinen Augen nicht. Gegen den Baum gelehnt stand ein Mann. Er hütete seine Herde Mastodons. Er war mindestens vier Meter groß und größer als die Tiere. Sein Kopf war so groß wie der eines Bisons, und er hatte ein dichte Mähne von verfilztem Haar. In der Hand hielt er einem Baumast.

Dies war kein sicherer Ort, und wir machten uns schnell davon. Als wir endlich aus dem Wald herauskamen, liefen wir schnell zur Küste. Dann suchten wir nach Anzeichen dafür, daß wir uns in der Nähe von Gretchenhafen befanden, aber wir fanden keine. Als wir den Strand entlanggingen, sah ich im Sand etwas blinken. Ich hob einen rostigen Dolch auf. Wir untersuchten ihn sorgfältig. Der Dolch war alt, und der Rost ließ darauf schließen, daß er lange im Sand gelegen hatte.

''Der hat jemandem gehört, der vor uns hierherkam,'' sagte mein Onkel. ''Vielleicht finden wir etwas, was uns den Weg zum Mittelpunkt der Erde weist.''

Wir suchten die Klippen ab und stießen schließlich auf einen dunklen Tunnel. An seinem Eingang waren Runen in den Fels geritzt.

''A.S.! Arne Saknussemm!'' schrie mein Onkel.

Endlich wußten wir wieder, daß wir auf dem richtigen Weg waren.

''Ich kann mir nicht erklären, wie wir nach Norden gekommen sind. Ich war sicher, wir bewegten uns nach Südwesten. Aber da sind wir nun, am richtigen Ort. Nur darauf kommt es an!''

Wir gingen zu Hans zurück. Gemeinsam segelten wir das Floß an der Küste entlang, bis wir zu Arne Saknussemms Gang kamen. Wir gingen an Land. Ich brannte darauf, den Tunnel zu erforschen, und als mein Onkel die elektrische Lampe anschaltete, ging ich voran.

Die Öffnung führte geradewegs in den Tunnel, aber nach kurzer Zeit stießen wir auf einen riesigen Felsblock, der uns den Weg versperrte.

''Wie ist Saknussemm durchgekommen?'' fragte ich ärgerlich.

''Der Fels muß nach seiner Zeit heruntergekommen sein,'' antwortete mein Onkel.

''Dann sollten wir unsere Schießbaumwolle benutzen und ihn wegsprengen,'' schlug ich vor.

Hans nahm seinen Pickel und schlug ein Loch in den Felsen. Er verstopfte es mit Schießbaumwolle. Dann machten mein Onkel und ich eine Lunte aus feuchten Schießpulver in einem Leinenschlauch. Um Mitternacht war alles fertig.

Früh am nächsten Morgen waren wir wach und bereit. Wir beschlossen, daß ich die Lunte anstecken und dann zu den anderen auf dem Floß zurückkommen sollte. Während die Lunte abbrannte, würden wir mit dem Floß so weit hinausfahren, daß wir außer Gefahr wären.

Ich nahm die Lunte und öffnete meine Laterne, um sie an deren Flamme anzustecken. Ich vergewisserte mich, daß sie richtig brannte. Ich rannte zum Floß zurück. Hans stieß ab. In sicherer Entfernung von der Küste warteten wir. Die Sekunden vergingen langsam. Plötzlich explodierte der Felsen. Wir starrten in einen bodenlosen Abgrund. Das Meer schwoll zu einer riesigen Woge an, das Floß schwankte wild. Wir wurden auf das Deck geworfen, das Licht verschwand. In der Dunkelheit dröhnte mir das Rauschen des Wassers in den Ohren. Wir hatten einen Felsen gesprengt, der den Eingang vor einem Schacht zum Mittelpunkt der Erde blockiert hatte. Jetzt, wo der Fels verschwunden war, konnte das Meer eindringen, und es riß uns mit!

Wir schossen auf dem tobenden Wasser hinunter in die Erde. Wir klammerten uns aneinander und an dem Floß fest. In völliger Dunkelheit schossen wir mit rasender Geschwindigkeit tiefer und tiefer hinab. Dann gelang es Hans, eine Laterne anzuzünden, und wir sahen, daß wir unsere ganze Ladung bis auf einen Kompass und ein paar Lebensmittel verloren hatten. Das Wasser fiel steil, und manchmal wurden wir

herumgewirbelt. Als die Laterne ausbrannte, schloß ich die Augen und wartete. Wir wurden noch schneller. Wir fielen steiler. Die Zeit dehnte sich endlos. Dann gab es einen plötzlichen Stoß, und das Floß kam fast zum Stillstand.

Wir waren an einen Wasserwirbel geraten, und das Wasser fiel auf das Floß. Ich war sicher, wir würden ertrinken. Aber wir tauchten wieder auf, und alles war still. Nach dem Tosen des Wassers war diese Ruhe seltsam.

"Wir steigen!" rief mein Onkel.

Hans zündete eine Laterne an. Wir wurden vom Wasser in einem engen Schacht nach oben gedrückt. Es schien unmöglich, da herauszukommen. Bald kochte das Wasser unter uns vor Hitze. Die Wände des Schachts waren brennend heiß. Im Fackellicht glaubte ich zu sehen, wie sich die Felsen bewegten. Es gab eine laute Explosion. Die Wände des Schachts bebten. Erschrocken blickte ich meinen Onkel an. Zu meiner Überraschung war er gelassen.

"Die Erde bewegt sich!" rief ich ihm zu.

"Dies ist kein Erdbeben, Axel," sagte er. "Wir befinden uns im Kamin eines ausbrechenden Vulkans! Das ist das Beste, was uns passieren konnte! Er wird uns an die Erdoberfläche tragen!"

Wir konnten nichts tun, als sitzen und warten, während wir nach oben getragen wurden.

Unter dem Wasser waren brennende Felsen. Wenn wir je an die Oberfläche kämen, würden die Felsen in einer glühend heißen Explosion hinausgeschleudert werden.

Gegen Morgen wurde die Luft heißer, unsere Fahrt schneller. Ich sah Gänge, die in die Schachtwand hineinführten. Rauch und Flammen drangen heraus. Unser Floß schwamm auf glühender Lava. Die Hitze war schrecklich. Das Floß wirbelte in einem heißen Aschenregen im Kreis. Um uns herum sprangen überall Flammen auf. Wir schienen verloren. Ich wurde ohnmächtig.

Als ich wieder zu mir kam, spürte ich Hans' kräftige Hand auf mir. Wir lagen am Abhang eines Vulkans. Wir waren alle voller Schrammen und blauer Flecke, aber keiner war schwer verletzt. Ich konnte gar nicht glauben, daß wir in der Sonne auf der Oberfläche der Erde lagen.

''Wo sind wir nur?'' fragte ich.

''Vielleicht kann der Kompass helfen,'' sagte mein Onkel.

''Wenn der Kompass stimmt,'' sagte ich ihm, ''dann sind wir am Nordpol!''

Wir betrachteten die Landschaft um uns herum. Unter uns sahen wir Bäume. Oliven wuchsen da, Feigen und Wein. Die Sonne schien heiß. Dies war nicht Island! Wir beschlossen, den Hang des Vulkans hinunterzusteigen und ein Dorf zu suchen.

Wir waren müde und schmutzig, unsere Kleider waren in Fetzen. Wir fanden ein Bach, und voller Freude erfrischten wir uns und löschten unseren Durst.

Ein kleiner Junge sah uns und versuchte wegzulaufen, aber Hans holte ihn ein. Mein Onkel sprach zu ihm auf Deutsch und auf Französisch, aber der Junge antwortete nicht. Erst auf eine Frage auf italienisch antwortete er: ''Stromboli.'' Wir waren auf der Insel Stromboli im Mittelmeer. Wir waren von dem Vulkan in Island bis zum Stromboli im Mittelmeer gereist. Was für eine Reise durch die Erde hatten wir gemacht!

Wir stiegen hinab an die Küste, wo die Leute uns für Schiffbrüchige hielten. Sie gaben uns zu essen und Kleider und brachten uns nach zwei Tagen auf ein Schiff in Richtung Heimat. Während wir bequem mit dem Schiff und dann mit dem Zug weiterreisten, grübelten wir über das Rätsel mit dem Kompass. Aber alles war vergessen, als wir in Hamburg ankamen. Gretchen war über die Maßen erfreut, uns zu sehen. Die Nachricht von unserer seltsamen Reise hatte sich im ganzen Land verbreitet. Bald verbreitete sie sich in der ganzen Welt. Große Wissenschaftler kamen, um sich mit dem berühmten Professor Lidenbrock und seinem Gehilfen zu unterhalten. Der ruhige Hans bekam bald Heimweh, und traurig nahmen wir von ihm Abschied, als er nach Island zurückkehrte. So waren schließlich alle glücklich. Aber da war immer noch das Rätsel mit dem Kompass.

Eines Tages nahm ich im Arbeitszimmer den Kompass wieder in die Hand. Die Lösung war klar.

''Schau, Onkel,'' sagte ich. ''Die Nadel zeigt nicht nach Norden, sondern nach Süden. Diese feurige Kugel während des Sturms hat alles Eisen magnetisiert. Sie hat die Pole des Kompasses verkehrt. Deswegen zeigte er nach Süden, nicht nach Norden!''

''Natürlich,'' sagte der Professor. ''Das ist so einfach, daß ich gar nicht darauf gekommen bin.''

Nachdem dieses letzte Rätsel gelöst war, war mein Onkel der zufriedenste Mensch auf der Welt. Auch ich hätte nicht glücklicher sein können. Wie wir es geplant hatten, heirateten Gretchen und ich, und wir lebten alle drei glücklich in dem Haus in Hamburg.

Kennen Sie alle Titel
aus unserem Programm?

BELIEBTE MÄRCHEN

Das häßliche Entlein
Peter und der Wolf
Schneewittchen und die sieben Zwerge
Pinocchio
Aschenputtel
Die Prinzessin auf der Erbse
Die kleine Meerjungfrau
Der Feuervogel
Die Bremer Stadtmusikanten
Der Rattenfänger von Hameln
Des Kaisers neue Kleider
Rotkäppchen
Rumpelstilzchen
Rapunzel